孙子兵法

第十六册

上海人民美术出版社
浙江人民美术出版社

目 录

虚实篇 · 第十六册

虚实篇

原文

孙子曰：凡先处战地而待敌者佚，后处战地而趋战者劳。故善战者，致人而不致于人。

能使敌人自至者，利之也；能使敌人不得至者，害之也。故敌佚能劳之、饱能饥之、安能动之者，出其所必趋也。行千里而不劳者，行于无人之地也；攻而必取者，攻其所不守也；守而必固者，守其所必攻也。

故善攻者，敌不知其所守；善守者，敌不知其所攻。微乎微乎，至于无形；神乎神乎，至于无声，故能为敌之司命。进而不可御者，冲其虚也；退而不可追者，速而不可及也。故我欲战，敌虽高垒深沟，不得不与我战者，攻其所必救也；我不欲战，画地而守之，敌不得与我战者，乖其所之也。

故形人而我无形，则我专而敌分；我专为一，敌分为十，是以十攻其一也，则我众而敌寡。能以众击寡者，则吾之所与战者，约矣。吾所与战之地不可知，不可知，则敌所备者多，敌所备者多，则吾所与战者寡矣。故备前则后寡，备后则前寡，备左则右寡，备右则左寡；无所不备，则无所不寡。寡者，备人者也；众者，使人备己者也。

故知战之地，知战之日，则可千里而战。不知战地，不知战日，则左不能救右，右不能救左，前不能救后，后不能救前，而况远者数十里，近者数里乎？以吾度之，越人之兵虽多，亦奚益于胜哉？故曰：胜可为也。敌虽众，可使无斗。

故策之而知得失之计，作之而知动静之理，形之而知死生之地，角之而知有余不足之处。故形兵之极，至于无形；无形，则深间不能窥，智者不能谋。因形而措胜于众，众不能知；人皆知我所胜之形，而莫知吾所以制胜之形。故其战胜不复，而应形于无穷。

夫兵形像水，水之行，避高而趋下；兵之胜，避实而击虚。水因地而制行，兵因敌而制胜。故兵无成势，无恒形。能因敌变化而取胜者，谓之神。

故五行无常胜，四时无常位，日有短长，月有死生。

译文

孙子说：凡先占据战场等待敌人的就主动安逸，后到达战场仓促应战的就被动疲劳。所以善于指挥作战的人，能调动敌人而不被敌人调动。

能使敌人自动进到我预定地域的，是用小利引诱的结果；能使敌人不能到达其预定地域的，是制造困难阻止的结果。因此，之所以敌人休息得好能使它疲劳，敌人粮食充足能使它饥饿，敌人驻扎安稳能使它移动，因为出击的是敌人必然往救的地方；行军千里而不劳累，因为走的是没有敌人阻碍的地区；进攻而必然会得手的，是因为进攻的是敌人无法防守的地点；防御而必然能稳固的，是因为防守的是敌人必来进攻的地方。

所以善于进攻的，使敌人不知道怎么防守；善于防守的，使敌人不知道怎么进攻。微妙呀！微妙到看不出形迹。神奇呀！神奇到听不见声息。所以能成为敌人命运的主宰。前进而使敌人不能抵御的，是因为袭击它空虚的地方；撤退而使敌人无法追击的，因为行动迅速使敌人追赶不上。所以我军要打，敌人即使高垒深沟也不得不脱离阵地作战，是因为进攻敌人所必救的地方；我军不想打，虽然画地防守，敌人也无法来同我作战，是因为使敌人改变了进攻方向。

示形于敌，使敌人暴露而我军不露痕迹，这样我军的兵力就可以集中而敌人兵力就不得不分散。我军兵力集中在一处，敌人兵力分散在十处，这就能用十倍于敌的兵力去攻击敌人，这样就造成了我众敌寡的有利态势。能做到以众击寡，那么同我军当面作战的敌人就有限了。我军所要进攻的地方敌人不得而知，不得而知，那么他所要防备的地方就多了；敌人防备的地方越多，那么我军所要进攻的敌人就少了。所以防备了前面，后面的兵力就薄弱；防备了后面，前面的兵力就薄弱；防备了左边，右边的兵力就薄弱；防备了右边，左边的兵力就薄弱；处处都防备，就处处兵力薄弱。兵力薄弱是因为处处去防备；兵力充足是因为迫使敌人处处防备。

所以，能预知交战的地点，预知交战的时间，那么即使相距千里也可以同敌人交战。不能预知在什么地方打，不能预知在什么时间打，那就左翼也不能救右翼，右翼也不能救左翼，前面也不能救后面，后面也不能救前面，何况远在数十里，近在数里呢？依我分析，越国的军队虽多，对争取战争的胜利又有什么裨益呢？所以说，胜利是可以造成的。敌军虽多，可以使它无法同我较量。

所以，筹算一下计谋，来分析敌人作战计划的优劣；挑动一下敌军，来了解敌人的活动规律；侦察一下情况，来了解哪里有利哪里不利；进行一下小战，来了解敌人兵力虚实强弱。所以伪装佯动做到最好的地步，就看不出形迹；看不出形迹，即便有深藏的间谍也窥察不到我军底细，聪明的敌人也想不出对付我军的办法。根据敌情变化而灵活运用战术，即使把胜利摆在众人面前，众人还是看不出其中奥妙。

人们只知道我用来战胜敌人的方法，但是不知道我是怎样运用这些方法出奇制胜的。所以每次战胜，都不是重复老一套的方式，而是适应不同的情况，变化无穷。

用兵的规律好像水的流动，水的流动，是由于避开高处而流向低处；用兵取胜的关键，是避开敌人坚实的地方而攻击敌人的弱点。水因地形的高低而制约其流向，作战则根据不同的敌情而决定不同的打法。所以，用兵作战没有固定刻板的战场态势，没有一成不变的作战方式。能够根据敌情变化而取胜的，就叫做用兵如神。

五行相生相克没有哪一个固定常胜，四季相接相代也没有哪一个固定不移，白天有短有长，月亮有缺有圆。

内容提要

在本篇中，孙子从对军事活动中“虚”“实”对立统一关系的精辟分析入手，全面论述了作战指挥中争取主动权的基本原则和重要方法。

孙子极力强调全面认识和完整把握“虚”“实”的辩证关系，积极夺取作战的主动权，“致人而不致于人”。基于这一认识，孙子提出了著名的作战指导原则——“避实而击虚”。

如何将“避实击虚”原则落到实处？孙子认为，必须在作战行动中使之具体化，这就是：（一）示形于敌，迷惑和欺骗敌人，使其暴露弱点，然后给予打击。（二）“以十击一”，即集中优势兵力，果断有效地打击敌人。（三）因敌变化而取胜。在作战过程中，能根据敌情的变化，随时调整兵力部署，改变作战方式，始终保持主动。（四）“知战之地，知战之日”，察知战场地理，了解战场天候。并采取“策”、“作”、“形”、“角”等手段，全面掌握敌情。（五）“攻其所必救”，即正确选择作战主攻方向。孙子认为：只要树立起正确的作战指导思想并实施适宜的作战措施，那么胜利不但“可知”（可预见），而且也“可为”（可以创造）。

战例

李自成先处战地胜官军

编文：张　良

绘画：方其林　蔡　娅

原　文　凡先处战地而待敌者佚，后处战地而趋战者劳。

译　文　凡先占据战场等待敌人的就主动安逸，后到达战场仓促应战的就被动疲劳。

1. 明崇祯十五年（公元1642年），李自成义军在襄城（今河南襄城）歼灭明总督汪乔年部后，又联合罗汝才、袁时中义军，攻占开封外围州县二十九个，队伍扩大到百万以上，已完全取得河南战场的主动权。

2. 农民军转战豫东，取得节节胜利，于四月底第三次围攻开封。

3. 开封为河南首府，崇祯皇帝朱由检接二连三地发令，从全国各地调兵遣将，援救开封。

4．五月至六月，督师丁启睿、保定总督杨文岳、总兵左良玉等明将，调集四十万兵马，先后开向朱仙镇（今河南开封西南）。

5. 朱仙镇地处水陆要冲，是开封的重要门户。李自成面对明军的攻势，只留一小部兵马牵制开封城内守敌，自己亲率主力，抢先到达朱仙镇，占据镇西南高阜。

6. 李自成派兵截断沙河上流水道，断绝明军水源。

7. 又在西南交通线上挖掘深、宽各丈余的壕沟，环绕百里。这样，既可断敌粮运，又可阻截明军逃往襄阳（今湖北襄樊）的退路。

8. 李自成还命炮营堆土丘，构筑炮台，台下深挖战壕，内伏精兵。

9. 六月下旬，各路明军屯集朱仙镇东水波集，联营二十余里。义军立营于镇西南，两军对垒。

10. 战前，丁启睿召集明军将领商议对策。左良玉认为农民军锐气正盛，暂不可攻。丁启睿则认为“汴围已困，岂能持久”，坚持速战。诸将勉强答应第二日出战。

11. 会战开始后，保定总督杨文岳运用炮车首先发起进攻。

12. 义军则居高临下，炮击明军劲旅左良玉的营垒，使左军来不及筑炮台还击。

13. 交战数日，明军断水缺粮，火药不足，杨文岳寄希望于开封守军出城，但开封明军闭门不敢出战。

14. 丁启睿催促诸将协同出击。明军的四镇兵马，相互矛盾重重，各有自己的盘算，不听调遣。

15. 左良玉在没告知丁启睿及邻军情况下，就下令南撤。步兵在前，骑兵在后，向襄阳逃窜。

16. 左军十万兵马是诸军中的劲旅，左军一退，其余各军也军心动摇，相继溃逃。

17. 李自成见左军南移，就下令说，左军逃命必死战，不要阻截，放过步兵，从背后打击他，一定能取胜。

18. 义军放过左军步兵，仅与其骑兵接触了几下，也都是稍战即退，故意示弱。

19. 左良玉认为农民军胆怯不敢追击，可以放心逃脱，保存实力了。于是，毫无顾忌地向襄阳方向逃跑。

20. 左军疾行八十里，来到农民军预筑的长壕处，此时左军已是人困马乏，下马越壕，人马拥挤，纷纷摔下壕沟。

21. 李自成统率大军突然从背后袭来。左军官兵一见惊恐不已，只顾越壕逃命，顷刻之间阵营大乱。

22. 左军弃马过沟，前拥后挤，人仰马翻。军士互相践踏，尸体填平壕沟。

23. 李自成派出的前方阻截部队也及时赶到，截杀已越过壕堑的明军。

24. 左良玉举目四望，前后左右遍地都是农民军的旌旗和兵马，只好丢下队伍，率领少数亲随逃向襄阳。

25. 农民军乘胜追击。其他各路明军，大部被歼，少许相继溃逃。

26. 丁启睿、杨文岳等将狼狈逃向汝宁（今河南汝南），一路上竟将皇帝给的敕书、金印、尚方宝剑都丢失一空。于是，朱仙镇一战以明军惨败告终。

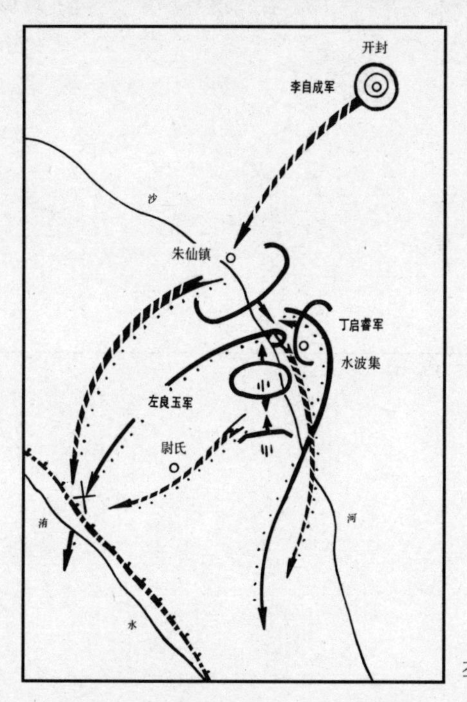

李自成朱仙镇大捷示意图

孙 子 兵 法

SUN ZI BING FA

战例

耿弇多次调敌灭张步

编文：姚　瑶

绘画：徐有武　徐海东
　　　徐　军　徐　凤

原　文　善战者，致人而不致于人。

译　文　善于指挥作战的人，能调动敌人而不被敌人调动。

1. 东汉王朝自建武元年(公元25年)建立以后，光武帝刘秀为了统一全国，于建武三年开始了消灭各个地主豪强割据势力的战争。

2. 至建武五年（公元 29 年），关东地区的割据势力只剩下张步一股了。这年十月，刘秀命建威大将军耿弇率军进击张步。

3. 张步得知耿弇率汉军来攻，慌忙部署兵力：命大将军费邑驻军历下、祝阿（均在今山东历城西南），又沿钟城（今山东济南南）、泰山立营数十座，进行防御。

4. 耿弇率军抵达黄河西岸，挥军渡过黄河和济水，首先攻破祝阿。耿弇在祝阿敞开一角，让敌军逃向钟城。

5. 钟城守军见到祝阿逃来的败兵，知祝阿已破，纷纷逃跑一空，大将军费邑所设的防线遂告崩溃。

6. 费邑立即派费敢率部分兵马控制历下东面的巨里城（今山东历城东北），防止汉军夹击历下。

7. 耿弇率军进逼巨里，故意宣布全军休整三天后集中兵力会攻巨里，并暗地释放一批俘虏，让他们把这一消息告诉费邑。

8. 费邑获悉这一消息，果然于三天后率军来救巨里。耿弇预先布置精兵埋伏于巨里附近，待费邑兵到，便挥军突然出击，大破费军，费邑被杀。

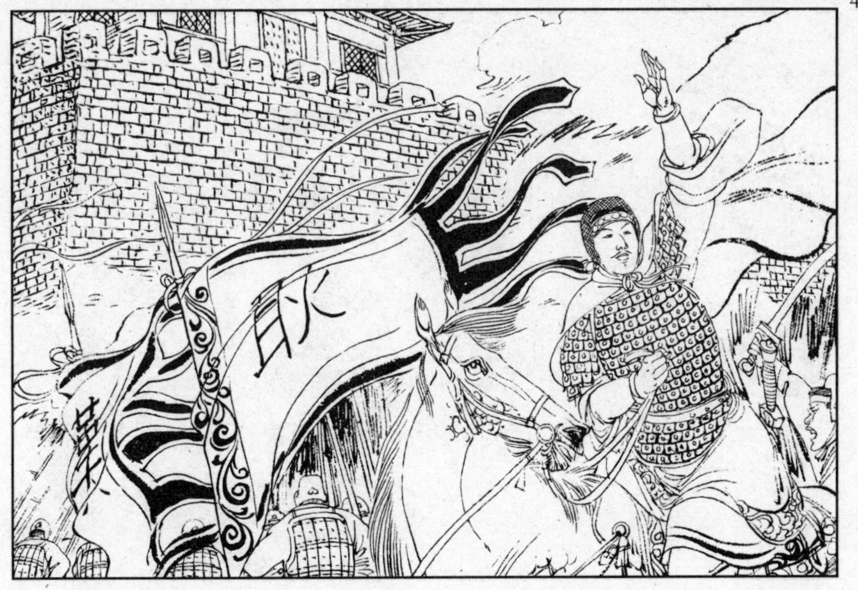

9. 费敢害怕守不住巨里，率众逃归剧县（今山东昌乐西北），汉军乘胜连破四十余营，占领济南（郡治在今山东章丘西北）。

10. 剧县是张步的都城，西面有张步之弟张蓝率精兵二万驻守西安（今山东淄博东北），又有万余人防守临淄（今山东淄博东北），两城相距不过四十里。耿弇攻克济南后，即率军进抵西安与临淄之间的画中。

11. 耿弇分析了敌军防御情况，认为西安城小而坚，又有精兵防守；而临淄虽是大城，却防守不足，易于攻取。当攻临淄。

12. 部将荀梁认为：攻临淄，西安必然前往救援；攻西安，临淄则不敢往救。因而主张进攻西安。

13. 耿弇却进而分析说：“敌军敢不敢出来救援，关键在于我方能不能调动他。我军若使西安之敌不暇自顾，就必然不敢往救临淄；待我军攻克临淄，就切断了西安与剧县的联系，使它成为一座孤城。”

14. 见荀梁微微点头，耿弇又说：“西安孤立无援，势必弃城逃跑。反之，如果先打西安，必然顿兵坚城，增加伤亡。即使攻破，也会迫使张蓝退向临淄，两军联合攻我，那就延长了作战时间，对深入敌境的汉军极为不利。”

15. 于是诸将统一意见，扬言五日后围攻西安。张蓝闻讯，日夜加强西安的城防。

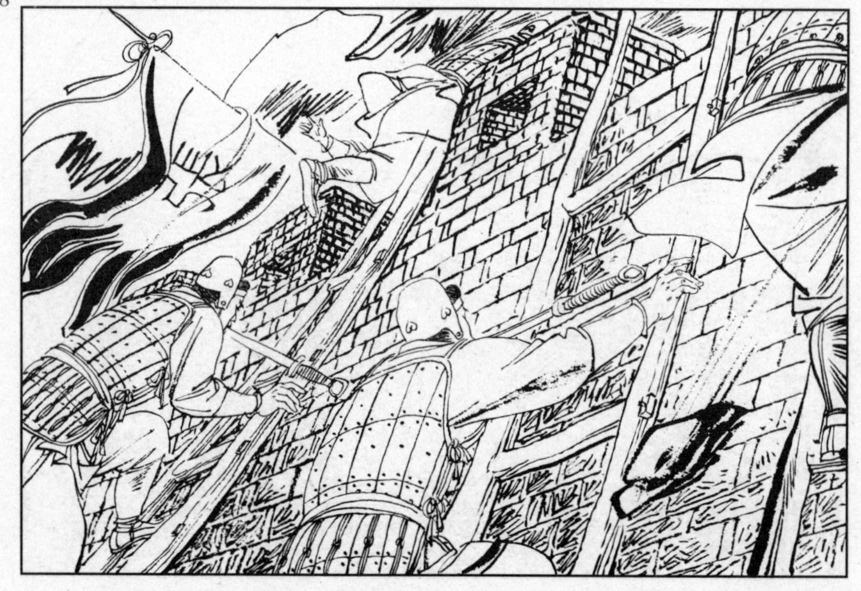

16. 至第四天的三更，耿弇即命全军吃饭，五更时突然进抵临淄城下。汉军仅用半天时间就攻克了临淄。

17. 张蓝见临淄陷落，害怕西安孤城难守，便率军逃到剧县，耿弇遂唾手而得西安。

18. 临淄、西安失陷后，张步极为震惊，亲率张蓝、张弘等将带领二十万大军抵达临淄东列阵，进攻汉军。

19. 耿弇为了调动敌军脱离阵地予以歼灭，便预先将精兵主力隐蔽在临淄城内，命刘歆、陈牧二将分别列兵城下。

20. 耿弇以临淄为依托，亲率部分人马主动出军淄水（今山东旧临淄东）上，佯为阻击。两军刚对阵，耿弇又故意示弱，引军后退。

21. 张步见汉军怯战，挥军离开阵地追击，直至临淄城下。刘歆、陈牧分别接住交战。

22. 张步眼见汉军抵挡不住时，耿弇突然率主力精兵向张步军的侧翼发起猛攻，张步军猝不及防，遭受重创。

23. 张步遭此打击，耿弇估计他必然要撤退。因此，他在张步军两翼布置了伏兵。第三天黄昏后，张步军果然开始撤退，汉军伏兵骤起，大破张步军，一直追杀到钜昧水（今山东寿光东）。

24. 张步一路溃败，伤亡惨重，损失辎车二千余辆。

25. 汉军追击张步军直至剧县，耿弇判断张步的都城已无兵力可守，既不强攻，亦不包围，有意让张步分兵散逃，再一次调动敌军。

26. 果然，张步残军陆续潜出东门分散逃命。张步只率少数将士逃往平寿（今山东潍坊西南），耿弇追到平寿，张步被迫投降。由于耿弇了解敌情，争取主动，处处调动敌军，终于使胶东的割据势力彻底溃灭。

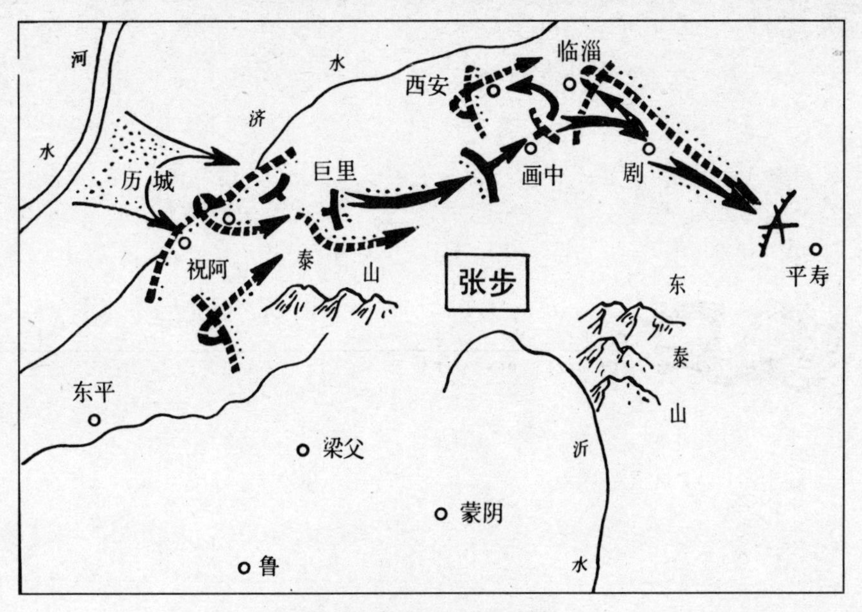

刘秀破张步之战示意图

孙　子　兵　法

SUN　ZI　BING　FA

战例

张献忠以利诱敌克岳州

编文：余中兮

绘画：王家训

原　文　能使敌人自至者，利之也。

译　文　能使敌人自动进到我预定地域的，是用小利引诱的结果。

1. 明崇祯十六年（公元1643年）八月，张献忠率领农民起义军攻克岳州（今湖南岳阳），委派了地方官吏，而后又指挥大军南下直捣长沙。

2. 起义军离去不久，官军又趁虚夺回了岳州。岳州地处湖南东北部，濒临洞庭湖，地理位置相当重要。岳州的失陷对义军在湖南行动十分不利。

3. 这年十一月，张献忠派遣四员大将再度攻打岳州。临行，张献忠亲自授予一条秘计。四员大将听后，面露欣喜之色，信心十足地带领人马出发了。

4. 义军队伍悄无声息地朝岳州方面逼近，在离城不远处停了下来。诸将一商议，便开始分头行动。

5. 不多久，只见一艘大船，满载粮食、辎重顺水而下。

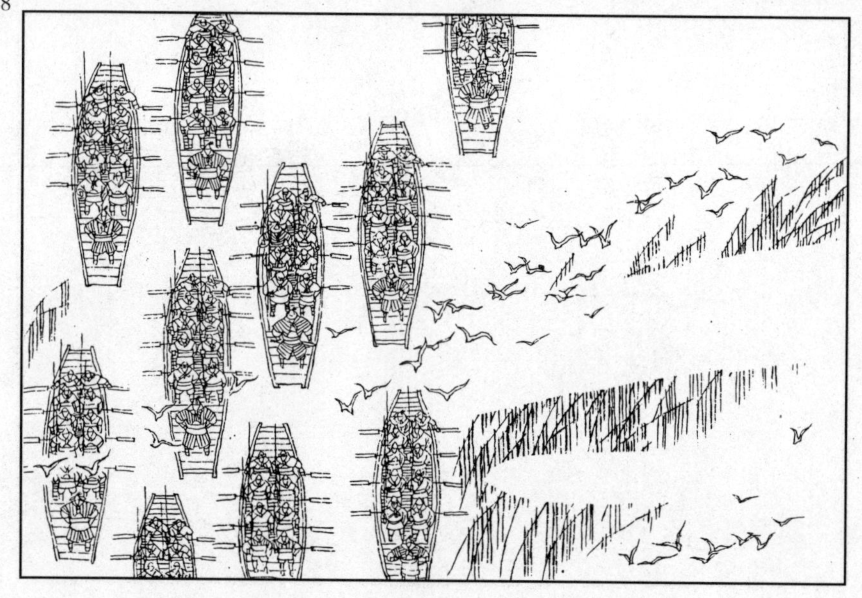

6. 与此同时，无数的轻快小舟也都在沿江汊港中隐藏起来，两岸再配以步骑伏兵。

7. 义军大船顺江而下，在快靠近岳州城时被官军发现了，副将王世泰、杨文富急忙率兵三千登上舰船拦击。

8. 义军见状，赶紧转舵往回逃。官军早已看中船上的大批物资，岂肯轻易放过，驾船逆流而追。

9. 义军奋力驾船，过了一会，眼看官军舰船即将进入己方伏击区，故意装出力不从心、行舟困难的样子。这一来，王世泰、杨文富更是狠命催促部下快快划船，向着上游驶去。

10. 官军快追上大船时，义军士兵毁舵跳水遁逃。

11. 官军登上大船，看着大批物资非常高兴。因船舵被毁，无法驾驶，王世泰便命士兵将大船上的物资全部搬走。

12. 官军贪得无厌，将本就不大的船，装得满满的，稍有摇晃，即可导致水没船沉。

13. 正当官军准备驾船回城时，忽听一声号炮响，紧接着，无数的轻快小舟从岸边的隐蔽处冲了出来。官军顿时手足无措。

14. 义军船小，轻便灵活，在敌船中间穿梭来往，大显神威，杀死、溺死官军无数。

15. 未死官军弃舟登岸，待要择路逃回城去，这时，两岸上的义军伏兵又一齐杀出。官军重又陷入围攻之中。

16. 这一仗，义军共杀敌二千，夺得战船二百艘，只有敌将王世泰、杨文富侥幸逃得性命。

17. 由于主力被歼，尚在岳州城中的部分官军只得弃城出逃。

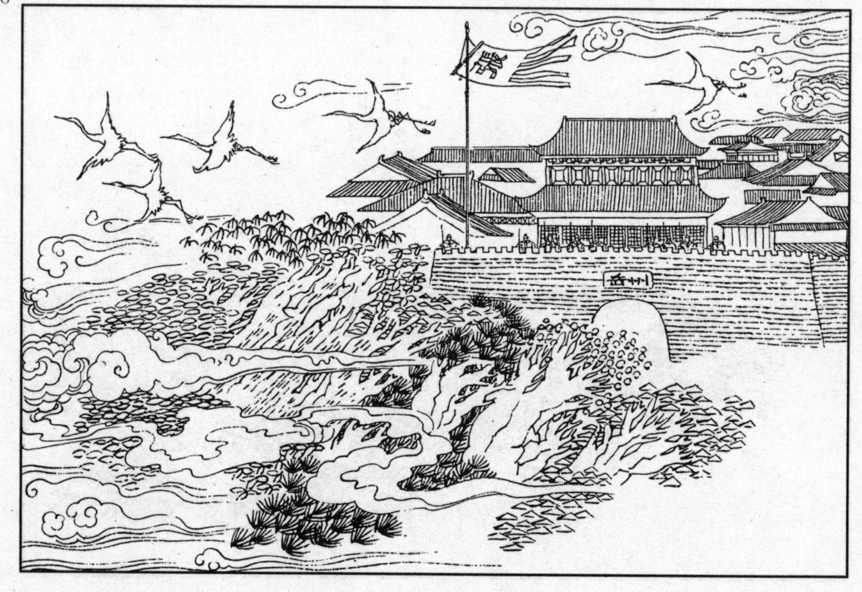

18. 义军乘虚而入，再一次控制了占有洞庭之险的岳州城。

战例

李靖放舟惑敌取江陵

编文：隶　员

绘画：金　戈鹤　骋

原　文　能使敌人不得至者，害之也。

译　文　能使敌人不能到达其预定地域的，是制造困难阻止的结果。

1. 唐高祖武德三年（公元 620 年），在争胜中原期间，李渊派大将李孝恭、李靖经营巴蜀，训练水军，伺机出击，以牵制江南最大的割据势力、国号为“梁”的萧铣集团。

2. 武德四年，李世民取得中原决战的胜利后，就准备南下灭萧铣。李靖针对萧铣集团内部腐朽，诸将恃功不和以及兵力配备等情况，制定十条灭梁的军事计划，上献朝廷请战。

3. 李渊父子读后大喜，很快批准了他的计划，命李孝恭为夔州（今四川奉节东）总管，李靖为行军总管兼摄行军长史，大造舟舰，教习水战，准备出击梁都江陵。

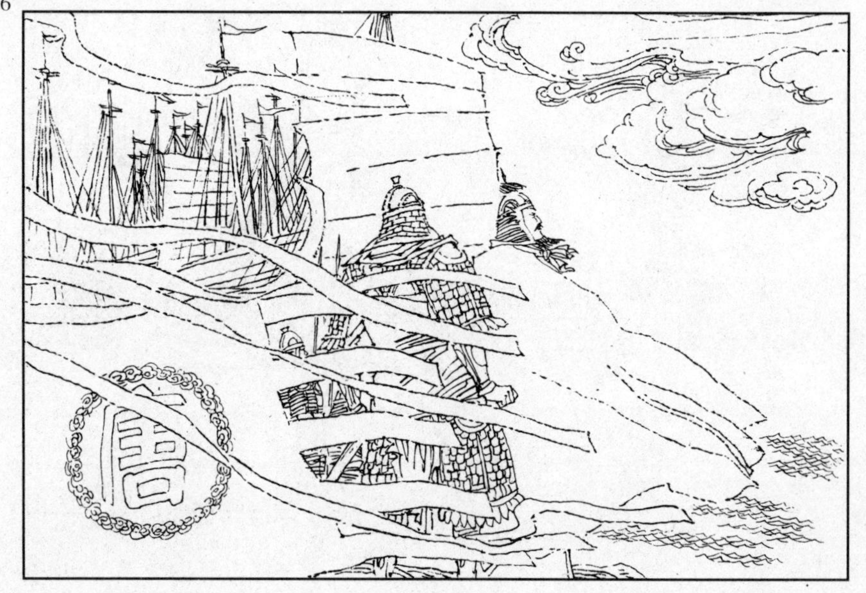

4. 李孝恭是唐宗室，带兵不多，由李靖掌握三军指挥大权。李靖见出兵时机尚未成熟，从二月受命到七月，一直按兵不动。

5. 转眼已到九月，长江秋水大涨，江流湍急，行船极险。萧铣认为这季节唐军绝无出兵可能，于是就放心休兵，不加防备。而李靖却在此时集中大军出夔州，东击萧铣。

6. 大军到达三峡，见江水猛冲峡中巨礁，浪花四溅，涛声震天，比平日更为凶险。唐军诸将都请求暂停前进，以待水退。

7. 李靖对众将说：“兵贵神速，机不可失，如今我军集结出兵，萧铣还不知道，乘着水涨，突然冲到他们城下，这叫迅雷不及掩耳，攻其不备，必然能一举成功。”

8. 李孝恭及众将都认为有理。于是，唐军突过三峡，直趋夷陵（今湖北宜昌）。

9. 李靖率军进抵夷陵，与萧铣部将文士弘拥兵对阵。文士弘也算是一员骁将，但由于准备不足，一经交战，就损失战船三百余艘。

10. 唐军直追到百里洲(今湖北枝江东南),进而逼近江陵。唐军突然到达,萧铣征兵都来不及,只好召集所有宿卫兵士数千人出城拒战。

11. 李孝恭求胜心切，想出军迎战。李靖劝阻道：“他们倾巢而出，拼死相搏，这叫救败之师，一时应急之策，不能持久。不如泊舟南岸，暂缓一日，等敌锐气衰落时，我们再乘隙奋击。”

12. 李孝恭不听，撇下李靖守营，独自引兵出击。

13. 果然，李孝恭出战不利，大败而归。唐兵纷纷弃舟上岸，武器、物资散满南岸。

14. 萧铣兵见状，下船争掠武器、物资，个个都肩担手提，负重难行。

15. 李靖见敌军已乱，抓住这一机会，下令出击。留营唐兵直冲河滩，李孝恭败兵见援军杀到，也返身厮杀。这时，萧铣军已无心恋战，只顾奔走逃命。

16. 唐军反败为胜，斩首及溺死敌军数以千计，缴获舰船四百余艘。

17. 唐军乘胜追击，占领了江陵外城，将江陵城团团围住。

18. 李靖命令士兵把缴获的舰船全部散弃江中，众将不解地问：“这些战利品正好利用，为什么抛弃江中，去资助敌人呢？”

19. 李靖笑着对众人分析说：“萧铣属地广大，南出岭表（今广东、广西及越南北部一带），东距洞庭。我军孤军深入，若攻城未拔，敌援军四集，我军将表里受敌，进退两难，虽拥有众多舟楫，又有什么用呢？”

20. 李靖接着又说：“现在我们将敌舰弃掷江流，赶来的援军见到后，以为江陵已破，就不敢轻进。等打探清楚，已滞缓十天半月，这样，我们攻占江陵，已是稳操胜券了。”

21. 众将叹服，于是放舟江流，同时加紧攻城。

22. 沿江疾进的各路援救江陵的军队，见弃船、物资塞满江面，漂浮而下，果然疑虑不进，驻军打探。

23. 萧铣盼援军不到，内外阻绝，唐军攻城又急，只好派使到唐营中请降。

24. 李靖整师入城，严明号令，对百姓秋毫无犯，且善待降将，一个不杀。

25. 四方赶来的十余万援军，得知江陵已失，又见唐军像是仁义之师，都争相归附。

26. 此后，李靖领兵所到之处，守将都纷纷归附。两湖至岭南广大地区全部归入唐的版图。李靖因功被任为岭南道抚慰大使，检校桂州总管。

战例

周德威调佚劳敌战柏乡

编文：和　合

绘画：陆成法　陆亦军
徐雅娥　陆　蕴

原　文　敌佚能劳之。

译　文　敌人休息得好能使它疲劳。

1. 五代后梁太祖朱温图谋吞并赵国，借口助赵抗燕，于开平四年（公元910年）十二月，派兵进驻赵国的深（今河北深县西）、冀（今河北冀县）二州，而后又闭门杀尽城内原有的官吏、士卒，占领了这两个州。

2. 赵王王镕本以为自己与朱温是亲家，相信朱温的诚意，这才命令深、冀二州守将放梁兵入城，而让自己的驻军暂且移驻城外。现在突然闻报梁军用计赚去二州，并且派兵攻打城外赵兵，不禁大惊失色。

3. 王镕即令二州城外驻军攻城，试图夺回。无奈弃易取难，梁兵登城拒守，赵兵徒遭损伤而已。赵国当时仅有镇、赵、深、冀四州，顿时只剩下半壁江山了。王镕情急之下只好遣使向晋求援。

4. 晋王李存勖考虑到，梁如灭赵，晋的东面就要直接与梁交锋了，因而爽快地答应了赵的请求，当即派老将周德威领兵出发，出井陉（今河北井陉），屯兵赵州（今河北赵县）。

5. 后梁太祖朱温得悉晋军援赵，就命王景仁、韩勍等将率兵出发，迎击晋军。梁军在柏乡（今河北柏乡）扎下大营。

6. 王镕见周德威兵力不多，担心抵不住梁军，再次向晋王告急。晋王李存勖觉得正好借机御底控制王镕，当即亲率大军出发，至赵州与周德威军会合。

7. 次日，李存勖率领大军向南，来到距梁军驻地柏乡三十里处立营。李存勖派周德威率领三千骑兵前往梁营挑战。

8. 梁军任凭周德威百般骂战，始终紧闭营门，严守不出。李存勖得报，下令拔营，又向前移了二十五里，在距梁营仅五里之处扎了营。

9. 李存勖再派周德威前往梁营挑战。周德威率领骑兵围着梁营一边奔跑，一边不断向营内射箭，并且骂不绝口。

10. 梁军统帅王景仁先是坐在帐内自斟自饮，不加理会。继而一想，如听凭周德威这般骂战，不免长他人士气，灭自己的斗志，于是就派大将韩勍点了三万步骑出营应战。

11. 只见梁军分成左、中、右三军，盔甲鲜明，军容整肃。晋军见后不禁都露出惊恐的神色来。周德威对身边的副将说：“看来，梁军志不在战，只想借此炫耀一下军威而已。如果不挫一挫他们的锐气，就难以振作我军斗志。”

12. 周德威鼓动一番，亲率一千精锐骑兵，在梁军薄弱的两翼来回冲杀，左驰右突，杀了个四进四出，俘获梁兵一百多人，而后与压阵的晋军一道且战且退。直到李存勖出兵接应，梁追兵方才退去。

13. 周德威回到大营，对李存勖说：“梁军兵众势盛，不能与之硬战，请大王按兵不动，等他们锐气消减、师老兵疲后再战。”李存勖疑问道：“我军此来，利在速战，公欲按兵持重，是何道理？”

14. 周德威解释道:“我军所依恃的是骑兵，利于在平原旷野上往来冲杀。如今我军逼压敌寨，骑兵的优势根本无法发挥。再说敌众我寡，一旦敌军探知我军虚实，那就大难临头了。”李存勖把脸一沉，默然退入卧帐。

15. 周德威唯恐李存勖一意孤行，就赶忙找到监军张承业，对他说：“大王因小胜而轻敌，不自量力地要求速战。如今敌我相距咫尺，敌若备好战具，全力攻来，我军立即就完蛋了！”

16. 张承业接口问道："依老将军之见——"周德威道："我看不如退守高邑（今河北高邑，在柏乡北三十余里），诱敌出营。敌出我归，敌归我出，以此疲敌，再派轻骑掠走他们粮饷，不出月余，一定可以击破敌人。"

17. 张承业认为周德威所言极是，当即向李存勖转述了周德威的想法，而后又补充说：“周老将军精通用兵之道，他的话不可忽视呀！”李存勖道：“唔，我刚才也正在考虑他说的话。”

18. 恰在这时，俘获梁军探卒，得悉梁军闭营不出，正令军士加紧备造攻战器具，以期一战而胜。李存勖夸奖周德威有先见之明，当即下令拔营，退守高邑。

19. 王景仁闻报，笑着对众将说道："如何？我早料定晋人不敢对峙。周德威本想挑逗我与他速战，我一示军威，晋人却又后退了。由此可见李存勖有取胜之欲，而其兵无敢战之勇。再过些时日，把晋军士气耗尽，即可出击！"

20. 柏乡这地方近来不曾储备饲草，梁军喂马所需的饲草全得从野外割取。晋军大营虽已北移至高邑，但晋的小股骑兵却日日不休地跑到柏乡来袭击出营割草的梁兵，袭击结束，立刻就跑。

21．这一来，闹得梁兵不敢再出外割草。周德威又率领骑兵环营驰射、骂战，梁军害怕遭到伏击，更是不敢出营。

22. 由于没有草料，士卒们只好拆下屋顶茅草、剁碎草编坐席喂马，大多数的战马都因此而吃死了。

23．眼见梁军被晋军搅得由佚转劳，王景仁怒气顿升。恰好晋将周德威、史建瑭、李嗣源又率领三千骑兵逼压梁营骂战，王景仁勃然大怒，即与韩勍一道，率领全部人马出营作战。

24. 晋骑且战且退，将梁军诱到高邑南边的野河旁。野河上有数座浮桥，由晋将李存璋带领兵士护守。

25. 李存璋让过周德威等人，截住后面的梁军，展开厮杀。

26. 梁兵在野河边横亘数里，竞前夺桥，李存璋率领兵士左右抵御，但抵不住梁军的凌厉攻势，眼看要支持不住了。

27. 晋王李存勖正在登高观战，见状即与匡卫都指挥使李建及道：“贼若过了浮桥，那就无法再克制了。”李建及当即选出两百名士卒，人人手持长枪，鼓噪上前，协助李存璋，勉力将梁兵杀退。

28. 晋守梁攻，双方恶战了一个上午，未分胜负。晋王李存勖对周德威道：“两军已合，势不可离。我军兴亡，在此一举。我愿为公先驱，公可跟着杀上。”言毕，援辔欲行。

29. 周德威叩马力谏道:“梁兵势众，不能力胜。为今之计，最宜通过以佚待劳，克敌制胜。梁军离营三十余里，虽带干粮，也无闲暇就食，待战至日暮，饥渴内迫，兵刃外交，士卒劳倦，必有退志。

30. “到那时，我方派出精骑掩击，必可大胜，但现在还不是时候。”李存勖一听，大为佩服，当下就打消了出击的念头。

31. 既而夕阳西下，暮色渐深。梁兵尚未就食，加上战了一天，疲乏已极，士无斗志，稍稍开始往后退却。

32. 周德威大声喊道："梁兵遁逃了！"随即指挥部下鼓噪而进。梁军东阵首先溃逃。

33. 李嗣源率领部众在梁军西阵前高喊：“东路梁军已经逃走，你们为什么还要留在这里？”西阵梁军一听，也顷刻溃散。

34. 李存璋带领步兵在后追击，边追边喊："投降者不杀！"于是梁军士卒纷纷丢下兵器投降。

35. 赵王的士兵怀着深、冀二州被梁军占领的仇恨，不愿掠取财物，只是手持刀剑追杀逃敌，汴梁精兵，几乎被杀光。自野河至柏乡，尸横遍野，破旗断戟，沿途皆是。

36. 梁军仅主将王景仁、韩勍等人率领数十骑逃走。晋军当夜追到柏乡，梁营内已空无一人，丢弃的粮食、资财、器械不可胜数。

37. 李存勖收兵屯驻赵州，意欲稍作休息，然后再进攻深、冀二州。哪知这二州守将闻报梁军战败消息，竟自弃城遁去，所有城中丁壮悉被掳去充作奴仆，年老体弱者全被坑死，最后只留下一些断壁残垣而已。

38. 柏乡之战，晋胜梁败，关键在于大将周德威能够审时度势，几度献计献策，调佚劳敌，终于以少胜多。

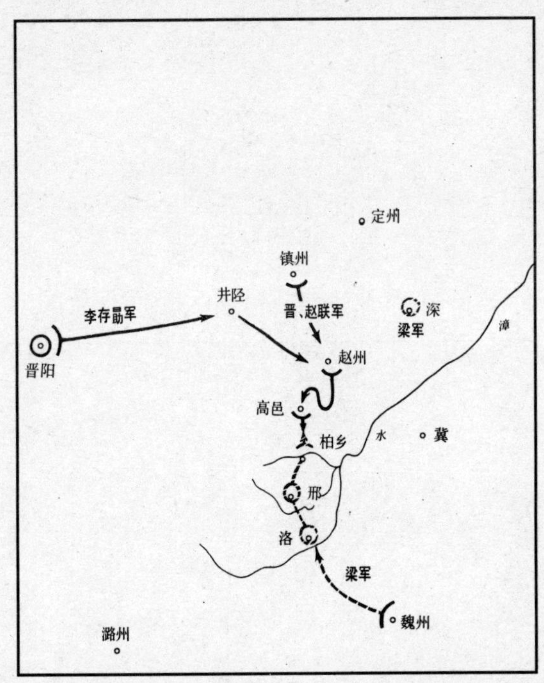

柏乡之战示意图

孙　子　兵　法

SUN　ZI　BING　FA